Voyage en page

Collection dirigée par Nathalie Daladier
Coéditée par Gallimard Jeunesse et la SNCF

Titre original : *The White Seal*
© Éditions Gallimard, 1992, pour la traduction française
© SNCF/Éditions Gallimard Jeunesse, 2008,
pour les illustrations et les jeux

Rudyard Kipling
Le phoque blanc

Illustrations de Séverin Millet

Traduit de l'anglais par Philippe Jaudel

GALLIMARD JEUNESSE/SNCF

Dors, l'enfant, dors, derrière nous tombe le soir,
Et noires sont les eaux qui scintillent si vertes.
La lune par-dessus les flots cherche à nous voir
Au repos dans les creux bruissants entre deux crêtes.
Les plis de l'onde font un coussin moelleux ;
Tu es las, blottis-toi, petit poupon nageur !
Que tempête ne t'éveille ni requin ne t'enlève,
Endormi dans les bras de l'Océan berceur.

                                          Berceuse phoque.

Tout ce que je vais vous raconter ici s'est produit, il y a plusieurs années, en un lieu appelé Novastoshnah, ou Pointe du Nord-Est, dans l'île Saint-Paul, loin, très loin dans la mer de Behring. C'est Limmershin, le troglodyte mignon, qui m'a raconté cette histoire. Il avait été jeté par le vent dans le gréement d'un vapeur en route pour le Japon, et je l'avais descendu dans ma cabine, réchauffé et nourri pendant deux jours, jusqu'à ce qu'il fût en état de retourner à Saint-Paul. Limmershin est certes un drôle de petit oiseau, mais il sait dire la vérité.

Nul ne vient à Novastoshnah que pour affaires, et seuls y ont régulièrement affaire les phoques. Ils y abordent pendant les mois d'été, par centaines et centaines de mille, émergeant de la mer grise et froide ; car la plage de Novastoshnah est, de tous les lieux de la terre, celui qui offre le plus de commodités aux phoques.

Sea Catch le savait. Aussi tous les printemps, où qu'il se trouvât, partait-il à la nage, fonçant comme un torpilleur droit sur Novastoshnah, où il passait un mois à se disputer avec ses camarades une bonne place dans les rochers, aussi près que possible de la mer. Sea Catch avait quinze ans ; c'était une énorme otarie qui portait presque une crinière sur les épaules et avait de longues canines à l'air féroce. Lorsqu'il se soulevait sur les nageoires de devant, il y avait plus de quatre pieds entre le sol et lui, et son poids, s'il s'était trouvé quelqu'un d'assez téméraire pour le peser, aurait atteint près de sept cents livres. Il avait le corps tout couturé de cicatrices, témoins de batailles furieuses, mais il était toujours prêt à livrer encore une dernière bataille. Il tournait la tête de côté, comme s'il avait peur de regarder l'ennemi en face ; puis il la projetait en avant, prompt comme l'éclair et, quand ses grosses dents étaient solidement plantées dans la nuque de l'adversaire, celui-ci pouvait bien se sauver, s'il en était capable, mais ce n'était pas Sea Catch qui allait l'y aider.

Pourtant Sea Catch ne poursuivait jamais un phoque vaincu, car c'était contraire aux lois de la plage. Tout ce qu'il voulait, c'était une place près de la mer pour y établir sa *nursery* ; mais comme il y avait quarante ou cinquante mille autres phoques en quête d'une telle place chaque printemps, tous en train de siffler, mugir, rugir et souffler, le vacarme sur la plage était quelque chose d'effrayant.

D'une éminence appelée Hutchinson's Hill, on découvrait trois milles et demi de grève couverte de phoques en train de se battre ; et le flot écumeux était parsemé de têtes de phoques pressés de toucher terre pour prendre part au combat. Ils se battaient dans les vagues déferlantes, ils se battaient sur le sable, ils se battaient sur le basalte des *nurseries* poli par les frottements ; car ils étaient tout aussi stupides et intransigeants que les hommes. Leurs épouses n'arrivaient jamais dans l'île avant la fin du mois de mai ou le début de juin, car elles ne tenaient pas à se faire mettre en pièces ; et les jeunes mâles de deux, trois ou quatre ans, qui n'avaient pas encore fondé de famille, franchissaient par cohortes et légions les rangs des combattants pour pénétrer d'un demi-mille environ à l'intérieur de l'île et y jouer dans les dunes, effaçant sous eux jusqu'à la dernière trace de verdure. On les appelait *holluschickie* et Novastoshnah à elle seule, en comptait peut-être deux ou trois cent mille.

Un beau printemps, alors que Sea Catch venait d'achever son quarante-cinquième combat, Matkah, sa tendre épouse au pelage lustré et aux yeux caressants, sortit de la mer. Il la saisit par la peau du cou, la déposa sans douceur sur son emplacement réservé et dit d'un ton bourru :

— En retard comme d'habitude. Où as-tu bien pu aller ?

Sea Catch avait coutume de ne rien manger pendant les quatre mois qu'il passait sur les plages ; aussi était-il en général de mauvaise humeur. Matkah se garda de répliquer. Elle jeta un coup d'œil alentour et roucoula :

— Comme tu es prévenant ! Tu as donc repris notre ancienne place !

— Il semblerait que oui, en effet, rétorqua Sea Catch. Regarde-moi un peu !

Il saignait par une vingtaine d'écorchures, il était presque borgne et avait les flancs en lambeaux.

— Oh ! vous autres les hommes ! les hommes ! s'écria Matkah en s'éventant de sa nageoire caudale. Vous ne pouvez

donc pas être raisonnables et vous répartir les places paisiblement ? On dirait que tu t'es battu avec l'orque.

— Je n'ai strictement rien fait d'autre que de me battre depuis la mi-mai. La plage est scandaleusement surpeuplée cette saison. J'ai rencontré une bonne centaine de phoques de la plage de Lukannon, en quête d'un gîte. Pourquoi les gens ne restent-ils pas chez eux ?

— J'ai souvent pensé que nous serions beaucoup plus heureux si nous descendions sur l'île des Loutres, plutôt, qu'en cet endroit encombré, dit Matkah.

— Bah ! Seuls les *holluschickie* vont dans l'île des Loutres. Si nous y allions, les autres diraient que nous avons peur. Nous devons veiller aux apparences, ma chère.

Sea Catch enfonça fièrement la tête

entre ses grasses épaules et feignit de dormir pendant quelques minutes, sans cesser un instant d'être sur le qui-vive, prêt à se battre. Maintenant que tous les phoques et leurs épouses étaient à terre, leur clameur s'entendait à des milles au large, par-dessus les coups de vent les plus bruyants. Ils étaient au bas mot un bon million sur la plage, phoques d'âge mûr, mères de famille, minuscules bébés et *holluschickie*, à se battre et se bousculer, à bêler, ramper et jouer ensemble, à se mettre à l'eau et en ressortir, par compagnies et bataillons, couvrant jusqu'au dernier pouce de terrain à perte de vue, et livrant par brigades entières des escarmouches dans le brouillard. Il y a presque toujours du brouillard à Novastoshnah, sauf lorsque le soleil perce et donne à toutes choses, l'espace d'un moment, le reflet de la nacre et les couleurs de l'arc-en-ciel.

Kotick, le bébé de Matkah, naquit au milieu de cette confusion. Ce n'était que deux épaules et une tête avec des yeux pâles, d'un bleu délavé, comme le sont toujours les tout petits phoques ; mais son pelage avait quelque chose qui incita sa mère à l'examiner attentivement.

— Sea Catch, dit-elle enfin, notre bébé va être blanc !

— Palourdes vides et goémons secs ! s'exclama Sea Catch, furieux. Un phoque blanc, ça ne s'est encore jamais vu !

— Je n'y peux rien, répondit Matkah. On en verra un désormais.

Et elle se mit à chanter la chanson phoque, douce et grave, que toutes les mères phoques chantent à leurs bébés :

Si pour nager tu n'attends six semaines,
Tu couleras, nez plus lourd que talons.
Les coups de vent d'été, l'orque cruelle,
Sont ennemis de nos poupons.

Ennemis de nos poupons, petit rat,
Plus que quiconque malfaisants ;
Patauge donc et deviens vigoureux :
Pour toi ce choix ne peut être qu'heureux,
Fils des grands océans.

Bien sûr, le petit bonhomme ne comprit pas tout de suite les paroles. Il barbotait et se traînait aux côtés de sa mère, et il apprit à décamper lorsque son père se battait avec un autre phoque et que les deux adversaires, avec force rugissements, roulaient sur les rochers glissants. Matkah allait en mer chercher de quoi manger. Le bébé ne recevait de

nourriture qu'une fois tous les deux jours ; mais alors il mangeait tout son soûl et cela lui profitait.

La première chose qu'il fit, ce fut de ramper vers l'intérieur de l'île ; là, il se joignit à des dizaines de milliers de bébés de son âge qui jouaient tous ensemble comme des chiots, s'endormaient sur le sable propre et se remettaient à jouer. Les parents dans les *nurseries* ne leur prêtaient nulle attention et les *holluschickie* se cantonnaient dans leur propre territoire. Ainsi les bébés pouvaient s'en donner à cœur joie.

Lorsque Matkah revenait de sa pêche en haute mer, elle allait droit à leur terrain de jeu, appelait comme une brebis appelle son agneau et attendait jusqu'à ce que le bêlement de Kotick se fit entendre. Alors elle allait à lui selon la plus rectiligne des lignes droites, distribuant des coups de ses nageoires de devant et culbutant les jeunes, à droite et à gauche. Il y avait toujours quelques centaines de mères, à la recherche de leurs enfants sur les terrains de jeu et les bébés se faisaient copieusement bousculer ; mais comme Matkah l'avait dit à Kotick : « Tant que tu ne t'allonges pas dans de l'eau boueuse pour y attraper la gale, que tu ne fais pas entrer de sable dur dans une plaie ou une égratignure et tant que tu ne t'en vas pas nager par grosse mer, tu ne risques rien ici. »

Les petits phoques ne savent pas mieux nager que les petits enfants ; mais ils sont malheureux aussi longtemps qu'ils n'ont pas appris. La première fois que Kotick se mit à l'eau, une vague l'emporta où il n'avait pas pied, sa grosse tête s'enfonça et ses petites nageoires caudales se dressèrent en l'air, exactement comme sa mère le lui avait dit dans la chanson, et si la vague suivante ne l'avait projeté à terre, il se serait noyé. Après cela, il apprit à rester étendu dans une flaque d'eau sur la plage, à se laisser tout juste recouvrir et soulever par le remous des vagues tout en barbotant ; mais il surveillait toujours d'un œil les grosses lames qui pouvaient le blesser. Il lui fallut deux semaines pour apprendre à se servir de ses nageoires ; deux semaines à se jeter gauchement à l'eau et à en ressortir, à tousser, grogner, ramper sur la plage, à faire la sieste sur le sable, puis à retourner dans l'eau, jusqu'au jour où il finit par s'apercevoir que celle-ci était son véritable élément.

Vous imaginez alors les bons moments

qu'il passa avec ses camarades, à plonger sous les rouleaux ou à chevaucher la crête d'une lame pour atterrir dans un crépitement d'eau et d'écume, tandis que la grosse vague montait en tourbillonnant jusqu'en haut de la plage ; à se tenir droit sur la queue tout en se grattant la tête comme faisaient les grandes personnes, ou, encore, à jouer au « roi du château » sur les rochers couverts d'algues glissantes qui émergeaient à peine des flots. De temps à autre il voyait une nageoire effilée, pareille à celle d'un gros requin, dériver tout près du rivage ; il savait que c'était l'orque, l'épaulard, qui dévore les petits phoques quand il peut les attraper ; alors Kotick piquait droit sur la plage, comme une flèche, et la nageoire s'écartait lentement, par saccades, comme si nulle intention ne l'animait.

À la fin d'octobre les phoques commencèrent à quitter l'île Saint-Paul pour la haute mer, par familles et par tribus ; on ne se battit plus pour la possession des *nurseries*, et les *holluschickie* purent jouer où bon leur semblait.

— L'an prochain, dit Matkah à Kotick, tu seras un *holluschick* ; mais cette année, il faut que tu apprennes à prendre le poisson.

Ils se lancèrent ensemble à travers le

Pacifique et Matkah montra à Kotick comment dormir sur le dos, les nageoires repliées de côté et son petit nez à ras de l'eau. Aucun berceau n'offre autant de confort que le balancement de la longue houle du Pacifique. Lorsque Kotick sentit sa peau lui fourmiller sur tout le corps, Matkah lui dit qu'il apprenait à « sentir l'eau », que les sensations de fourmillement et de picotement annonçaient le mauvais temps et qu'il devait se mettre à nager ferme pour y échapper.

– Bientôt, disait-elle, tu sauras où aller, mais pour cette fois nous allons suivre Cochon-de-Mer, le marsouin, car il est très avisé.

Une bande de marsouins passait, plongeant et fendant l'eau à toute vitesse, et le petit Kotick suivit aussi rapidement qu'il put.

– Comment savez-vous où aller ? demanda-t-il, haletant.

Le chef des marsouins fit rouler ses yeux blancs et plongea.

– J'ai des fourmillements dans la queue, mon petit, répondit-il. Cela signifie qu'il y a une tempête derrière moi. Viens vite ! Une fois au sud de l'Eau visqueuse – il voulait dire l'équateur –, si la queue te fourmille, cela voudra dire, qu'il y a une tempête devant toi et que tu dois faire route au nord. Viens vite ! L'eau est mauvaise au contact par ici.

Ce n'est là qu'une des très nombreuses choses qu'apprit Kotick, qui ne cessait d'apprendre. Matkah lui enseigna à suivre la morue et le flétan sur les bancs sous-marins ; à extirper la motelle de son trou parmi les algues ; à longer les épaves gisant par cent brasses, à s'y enfiler par un hublot et ressortir par un autre, prompt comme une balle de fusil, à la poursuite des poissons ; à danser sur la crête des vagues lorsque le ciel est tout zébré d'éclairs ; à saluer poliment de la nageoire l'albatros à queue courte et la frégate quand ils passent à vau-vent ; à faire des bonds de deux ou trois pieds au-dessus de l'eau, comme un dauphin, les nageoires collées aux côtés et la queue recourbée ; à ne pas toucher au poisson-volant qui est tout en arêtes ; à arracher l'épaule d'une morue en pleine course, par dix brasses d'eau, et à ne jamais s'arrêter pour regarder un bateau ou un navire, surtout une embarcation, à rames. Au bout de six mois, ce que Kotick ignorait encore de la pêche en haute mer ne valait pas la peine d'être su et, durant tout ce temps, il ne posa pas une fois les nageoires sur la terre ferme.

Un beau jour cependant, alors qu'il dormait à moitié allongé dans l'eau tiède quelque part au large des îles Juan Fernández, il sentit un malaise et la paresse l'envahir, tout comme les humains lorsqu'ils ont le printemps dans les jambes, et il se rappela les bonnes plages de sable ferme de Novastoshnah à sept mille milles de là, les jeux de ses compagnons, l'odeur des algues, les rugissements des phoques et leurs batailles. À la minute même il mit le cap au nord, nageant sans répit, et en route il rencontra des dizaines de camarades qui se rendaient tous au même endroit et qui lui dirent :

— Salut, Kotick ! Cette année nous sommes tous *holluschickie* : nous allons danser la danse du feu dans les vagues déferlantes de Lukannon et jouer sur l'herbe nouvelle. Mais où as-tu trouvé cette fourrure ?

Le pelage de Kotick était maintenant d'un blanc presque immaculé mais, bien qu'il en fût très fier, il se contenta de répondre :

— Nagez vite ! Mes os brûlent de retrouver la terre ferme.

C'est ainsi qu'ils atteignirent les plages

où ils étaient nés et entendirent les vieux phoques, leurs pères, qui se battaient dans les nappes mouvantes de brouillard.

Cette nuit-là Kotick dansa la danse du feu avec les jeunes d'un an. La mer est couverte de feu par les nuits d'été, de Novastoshnah à Lukannon. Chaque phoque laisse derrière lui un sillage pareil à de l'huile qui brûle et une lueur fulgurante lorsqu'il saute, tandis que les vagues se brisent en longues traînées et tourbillons phosphorescents. Puis Kotick et ses camarades gagnèrent le territoire des *holluschickie* à l'intérieur des terres, se roulèrent en tous sens dans le jeune blé sauvage et se contèrent ce qu'ils avaient fait quand ils étaient en mer. Ils parlaient du Pacifique comme des enfants parleraient d'un bois où ils ont cueilli des noisettes, et s'il s'était trouvé quelqu'un pour les comprendre, il aurait pu, rentré chez lui, dresser une carte de cet océan telle qu'il n'en fut jamais. Les *holluschickie* de trois et quatre ans dévalèrent à grand bruit de Hutchinson's Hill en s'écriant :

— Ôtez-vous de là, les mioches ! La mer est profonde et vous ne savez pas encore tout ce qu'elle recèle. Attendez d'avoir franchi le cap Horn. Hé ! Toi, le petit d'un an, où as-tu trouvé cette fourrure blanche ?

— Je ne l'ai pas trouvée, répondit Kotick ; elle est venue toute seule.

Et au moment même où il allait culbuter celui qui venait de parler, deux hommes aux cheveux noirs, au visage plat et rouge, sortirent de derrière une dune, et Kotick, qui n'avait jamais encore vu d'homme, toussa et baissa la tête. Les *holluschickie* se contentèrent de reculer précipitamment de quelques coudées et s'immobilisèrent, dardant des regards stupides. Il s'agissait de rien moins que Kerick Booterin, chef des chasseurs de phoques de l'île, et Patalamon, son fils. Ils venaient du petit village situé à moins d'un demi-mille des *nurseries* et choisissaient les bêtes à mener aux enclos d'abattage (car les phoques se laissent mener comme des moutons) pour en faire ensuite des vestes en peau.

– Oh ! fit Patalamon. Regarde ! Un phoque blanc !

Kerick Booterin devint presque blanc sous l'huile et les traces de fumée qui lui couvraient la peau, car c'était un Aléoute, et les Aléoutes ne sont pas des gens propres. Puis il se mit à marmonner une prière.

– Ne le touche pas, Patalamon. On n'a jamais vu de phoque blanc depuis… depuis que je suis né. C'est peut-être le fantôme du vieux Zaharrof. Il a disparu l'an dernier dans la grande tempête.

– Je ne l'approcherai pas, dit Patalamon. Il porte malheur. Crois-tu vraiment que c'est le revenant du vieux Zaharrof ? Je lui dois des œufs de goélands.

– Ne le regarde pas, dit Kerick. Rabats ce troupeau de jeunes de quatre ans. Les hommes devraient en dépouiller deux cents aujourd'hui, mais c'est le début de la saison et ils sont nouveaux à la besogne. Une centaine fera l'affaire. Vite !

Patalamon fit claquer une paire d'omoplates de phoque devant une troupe d'*holluschickie* et ceux-ci s'arrêtèrent net, haletants. Puis il s'approcha ; les phoques se mirent en branle, Kerick leur fit prendre la direction de l'intérieur, et pas un moment ils n'essayèrent de rejoindre leurs compagnons. Des centaines et des centaines de milliers de phoques les virent emmener, mais ils continuèrent de jouer comme si de rien n'était. Kotick fut le seul à poser des questions, mais aucun de ses compagnons ne put lui donner le moindre renseignement, sauf que les hommes emmenaient toujours des phoques de cette façon, pendant une période de six semaines ou deux mois chaque année.

– Je vais les suivre, dit-il.

Et il partit de sa démarche traînante derrière la troupe, les yeux lui sortant presque de la tête…

– Le phoque blanc est après nous, s'écria Patalamon. C'est vraiment la première fois qu'un phoque vient de lui-même à l'aire d'abattage.

– Chut ! Ne regarde pas derrière toi, dit Kerick. C'est bien le fantôme de Zaharrof ! Il faut que j'en parle au prêtre.

La distance jusqu'à l'aire d'abattage n'était que d'un demi-mille, mais il fallut une heure pour la couvrir, car si les phoques allaient trop vite, Kerick savait qu'ils s'échaufferaient et que leur peau se détacherait en lambeaux quand on les dépouillerait. Très, lentement, donc, ils franchirent le goulet du Lion-de-Mer, passèrent devant Webster House, et arrivèrent enfin au hangar à salaison, juste hors de vue des phoques de la plage. Kotick suivait, essoufflé et perplexe. Il se croyait au bout du monde, mais les *nurseries* derrière lui faisaient autant de vacarme qu'un train dans un tunnel. Alors Kerick s'assit sur la mousse, tira de sa poche une grosse montre en étain et attendit une demi-heure pour que le troupeau soit rafraîchi. Kotick entendait les gouttelettes de brouillard tomber du bord de sa casquette. Puis dix ou douze hommes, armés d'une massue ferrée de trois ou quatre pieds de long, s'avancèrent et Kerick leur désigna une ou deux bêtes que leurs compagnons avaient mordues ou qui s'étaient trop échauffées. Les hommes, chaussés de lourdes bottes en peau de gorge de morse, les écartèrent à coups de pied. Alors Kerick ordonna :

– Allez-y !

Et les hommes assommèrent les phoques aussi vite qu'ils le purent.

Dix minutes après, le petit Kotick ne reconnaissait plus ses amis, car leurs peaux, détachées du museau aux nageoires postérieures et arrachées d'un coup sec, s'entassaient sur le sol.

C'en était assez pour Kotick. Il fit demi-tour et retourna au galop (un phoque peut prendre un galop très rapide pendant un petit moment) vers la mer, sa petite moustache naissante hérissée d'horreur. Au goulet du Lion-de-Mer, où les énormes lions de mer se tiennent à la lisière du ressac, il se jeta, nageoire par-dessus tête, dans l'eau fraîche et, là, se laissa bercer, suffoquant lamentablement.

– Qu'est-ce que c'est ? fit un lion de mer d'un ton bourru (car en général les lions de mer préfèrent rester entre eux).

– *Scoochnie*[1] *! Ochen scoochnie !* répondit Kotick. On est en train de tuer tous

---

1. *Scoochnie* est le pluriel de l'adjectif russe, *skoutchny*, qui veut dire ennuyeux, qui s'ennuie, triste.

les *holluschickie*, sans exception, sur toutes les plages !

Le lion de mer tourna la tête vers le rivage.

– Sornettes ! dit-il ; tes amis font toujours autant de bruit. Tu auras vu le vieux Kerick régler son compte à un troupeau. Il fait cela depuis trente ans.

– C'est affreux, répliqua Kotick.

Et là-dessus, comme une vague le submergeait, il partit à reculons et reprit son aplomb d'un coup de ses nageoires qui, agissant comme une hélice, l'amena en position verticale à moins trois pouces du bord déchiqueté d'un récif.

– Pas mal, pour un petit d'un an ! dit le lion de mer, qui savait reconnaître un bon nageur. J'imagine que c'est en effet assez atroce de ton point de vue ; mais puisque vous autres les phoques persis-

tez à revenir ici chaque année, les hommes, naturellement, finissent par le savoir et, à moins que vous ne trouviez une île où nul d'entre eux ne va jamais, ils continueront de vous emmener de la sorte.

— Une telle île n'existe-t-elle pas ? reprit Kotick.

— Je suis le *poltoos*, depuis vingt ans et j'avoue que je ne l'ai pas encore trouvée. Mais écoute-moi... j'ai l'impression que tu aimes à t'adresser à tes supérieurs ; pourquoi n'irais-tu pas à l'îlot des Morses pour parler à Sea Vitch. Peut-être sait-il quelque chose. Ne t'emballe pas comme ça ! C'est une traversée de six milles et, à ta place, je commencerais par aller à terre faire un somme, petit.

Kotick trouva que c'était là un bon conseil. Il regagna donc sa plage par la mer, alla à terre et dormit une demi-heure, le corps parcouru de mouvements convulsifs, comme c'est toujours le cas chez les phoques. Puis il mit le cap droit sur l'îlot des Morses, qui est une plate-forme rocheuse, basse et de faible étendue, presque exactement au nord-est de Novastoshnah, tout en corniches et en nids de goélands, où les morses se rassemblent à part.

Il atterrit tout près du vieux Sea Vitch, le gros vilain morse du Pacifique nord, bouffi, pustuleux, au cou gras et aux longues défenses, et qui n'a aucun savoir-vivre, sauf lorsqu'il dort, ce qui était présentement le cas, les nageoires postérieures à moitié immergées dans le ressac.

– Réveille-toi, rugit Kotick, car les goélands faisaient beaucoup de bruit.

— Ah ! Oh ! Omph ! Qu'est-ce que c'est ? fit Sea Vitch, qui, d'un coup de ses défenses, réveilla son voisin, lequel frappa le sien et ainsi de suite, jusqu'à ce que tous les morses fussent éveillés, écarquillant les yeux dans toutes les directions, sauf la bonne.

— Hé ! C'est moi, répondit Kotick, que le ressac ballottait et qui avait l'air d'une petite limace blanche.

— Ma parole ! Que l'on... m'écorche ! dit Sea Vitch.

Et tous les morses regardèrent Kotick, comme vous pouvez imaginer qu'un club de vieux messieurs somnolents regarderait un petit garçon. Kotick n'avait alors aucune envie qu'on lui parlât encore d'être écorché. Il en avait assez vu. Aussi lança-t-il :

— N'y a-t-il pas d'endroit où puissent

aller les phoques et où les hommes ne viennent jamais ?

— À toi de le découvrir, répondit Sea Vitch en fermant les yeux. Va-t'en. Nous avons à faire, nous autres.

Kotick fit son bond de dauphin et cria de toutes forces :

— Mangeur de palourdes ! Mangeur de palourdes !

Il savait que Sea Vitch n'avait jamais pris le moindre poisson de sa vie, mais qu'il fouillait toujours le fond à la recherche de palourdes et d'algues, bien qu'il se donnât pour un très redoutable personnage. Bien entendu les *chickies*, les *gooverooskies* et les *epatkas*, les goélands bourgmestres[1], les mouettes tridactyles et les macareux, toujours à l'affût d'une bonne occasion d'être impolis, reprirent son cri et (à ce que me dit

1. Grands oiseaux dont l'envergure dépasse 1,50 m, qui nichent dans les falaises de la région arctique.

Limmershin) pendant près de cinq minutes on n'aurait pas pu entendre un coup de canon dans l'îlot des Morses. Toute sa population hurlait et piaillait : « Mangeur de palourdes ! *Stareek*[1] ! » tandis que Sea Vitch se roulait, d'un flanc sur l'autre, grognant et toussant.

— Alors, vas-tu me le dire maintenant ? dit Kotick, tout essoufflé.

— Va le demander à Vache Marine[2], répondit Sea Vitch. Si elle est encore en vie, elle pourra te le dire.

— À quoi reconnaîtrai-je Vache Marine quand je la rencontrerai ? demanda Kotick, prenant le large.

— C'est la seule créature marine qui soit plus laide que Sea Vitch, cria un goéland bourgmestre venu tournoyer sous le nez de Sea Vitch. Plus laide et plus malapprise ! *Stareek* !

1. En russe, *starik* : vieillard.
2. Nom familier du lamentin.

Kotick s'en retourna à Novastoshnah, laissant les goélands à leurs cris. Là, il s'aperçut que ses modestes efforts pour découvrir un endroit où les phoques auraient la paix ne lui valaient aucune sympathie. On lui dit que les hommes avaient toujours emmené les *holluschickie*, que cela faisait partie de la routine quotidienne et que, puisqu'il n'aimait pas voir de vilains spectacles, il n'aurait pas dû se rendre à l'aire d'abattage. Mais aucun des autres phoques n'avait assisté à l'abattage et cela faisait toute la différence entre lui et ses amis. En outre, Kotick était un phoque blanc.

— Ce qu'il te faut faire, dit le vieux Sea Catch lorsqu'il eut entendu les aventures de son fils, c'est grandir, devenir un gros phoque comme ton père et fonder une *nursery* sur la plage. Alors on te laissera tranquille. D'ici cinq ans tu devrais être capable de te battre pour ton compte.

Même la douce Matkah, sa mère, lui dit :

— Tu ne pourras jamais arrêter le massacre. Va jouer dans la mer, Kotick.

Et Kotick s'en alla danser la danse du feu, son petit cœur bien gros.

Cet automne-là il quitta la plage dès qu'il le put et partit seul, à cause d'une idée qu'il avait dans sa tête obstinée. Il se promettait de trouver Vache Marine, si tant est qu'un tel personnage habitât les mers, et de trouver une île paisible avec de bonnes plages de sable ferme, où les phoques pourraient vivre sans être inquiétés par les hommes. Il explora donc, et il explora tout seul, le Pacifique du nord au sud, nageant jusqu'à trois cents milles en un jour, et une nuit. Il connut plus d'aventures qu'on en peut conter, échappa de justesse au requin pèlerin, au requin moucheté, au requin marteau ; il rencontra tous les perfides brigands qui rôdent à travers les mers, les gros poissons courtois, les coquilles Saint-Jacques tachetées d'écarlate qui restent accrochées des centaines d'années au même endroit et en deviennent très fières ; mais il ne rencontra jamais Vache Marine et ne trouva jamais d'île à son goût.

Si la plage était bonne et ferme et se prolongeait en arrière par un talus où les phoques pourraient jouer, il y avait toujours à l'horizon la fumée d'un baleinier en train d'extraire de l'huile de baleine, et Kotick savait ce que signifiait ce spectacle-là. Ou bien il constatait que l'île avait jadis été fréquentée par des phoques, mais qu'on les avait exterminés, et Kotick savait que là où les hommes sont déjà venus ils reviennent toujours.

Il fit la rencontre d'un vieil albatros à queue courte, qui lui dit que les îles Kerguelen étaient l'idéal pour qui voulait la paix et la tranquillité ; mais lorsque Kotick eut gagné ces lieux reculés, il faillit bien se faire déchiqueter sur des falaises noires et mauvaises par une grosse tourmente de neige fondue, accompagnée d'éclairs et de coups de tonnerre. Pourtant, en reprenant le large face à la tempête, il se rendit compte que, jusqu'en cet endroit, il y avait eu jadis une *nursery* de phoques. Et il en alla de même dans toutes les îles qu'il visita.

Limmershin m'en fit une longue énumération, car il me dit que Kotick avait consacré cinq saisons à ses explorations, prenant chaque année quatre mois de repos à Novastoshnah, où les *holluschickie* se moquaient de lui et de ses îles imaginaires. Il alla aux Galapagos, lieu aride et affreux sous l'équateur, où il fut près de mourir rôti par le soleil, en Géorgie du Sud, aux Orcades du Sud, à l'île d'Émeraude, à l'île du Petit-Rossignol, à l'île de Gough, à l'île de Bouvet, aux Crozet, et il aborda même un petit bout d'îlot au sud du cap de Bonne-Espérance. Mais partout le peuple de la mer lui disait la même chose. Des phoques étaient venus autrefois dans ces îles, mais les hommes les avaient exterminés jusqu'au dernier. Même lorsqu'il eut parcouru des milliers de milles, hors du Pacifique et qu'il fut

parvenu en un lieu appelé cap Corrientes (ce fut en revenant de l'île de Gough), il trouva quelques centaines de phoques galeux sur un rocher, qui lui dirent que les hommes venaient là aussi.

Cela faillit lui briser le cœur et il franchit le cap Horn pour regagner ses plages natales. En route vers le nord, il aborda une île couverte d'arbres verdoyants où il trouva un vieux, un très vieux phoque agonisant. Kotick prit du poisson pour lui et lui confia toutes ses peines.

— Maintenant, dit Kotick, je m'en retourne à Novastoshnah et si l'on m'emmène avec les *holluschickie* à l'aire d'abattage, peu m'importe.

Le vieux phoque lui dit :

— Essaie encore une fois. Je suis le seul survivant de la colonie perdue de

Masafuera et, à l'époque où les hommes nous tuaient par centaines de mille, on racontait sur les plages qu'un phoque blanc viendrait un jour du nord pour conduire le peuple phoque en un lieu tranquille. Je suis vieux et je ne verrai jamais ce jour-là, mais d'autres le verront. Essaie encore une fois.

Alors Kotick retroussa sa moustache (elle était superbe) et dit :

– Je suis le seul phoque blanc qui ait vu jamais vu le jour sur les plages et je suis le seul phoque, noir ou blanc, qui ait jamais songé à chercher de nouvelles îles.

Cela lui rendit énormément de courage ; et lorsqu'il revint à Novastoshnah cet été-là, Matkah, sa mère, le supplia de se marier et de s'établir, car ce n'était plus un *holluschick*, mais un *sea-catch* adulte, portant sur les épaules une crinière blanche bouclée, aussi gros, aussi grand et aussi impétueux que son père.

– Accorde-moi encore une saison, répondit-il. Rappelle-toi, mère, que c'est toujours la septième vague qui monte le plus haut sur la plage.

Chose curieuse, il se trouvait qu'une camarade de Kotick pensait, elle aussi, remettre son mariage à l'année suivante : il dansa avec elle la danse du feu tout le long de la plage de Lukannon, le soir qui précéda son départ pour son ultime exploration.

Cette fois, il fit route vers l'ouest, car il était tombé dans le sillage d'un immense banc de flétans et il lui fallait au moins cent livres de poisson par jour pour rester en bonne forme. Il le poursuivit jusqu'au moment où pris de fatigue, il se pelotonna et s'endormit dans le creux des lames de fond qui se dirigent vers l'île du Cuivre. Il connaissait parfaitement la côte; aussi, vers minuit, lorsqu'il sentit son corps heurter légèrement un lit de varech, se dit-il: «Hum, la marée est bien forte ce soir»; puis il se retourna sous l'eau, ouvrit lentement les yeux et s'étira. Après quoi il bondit comme un chat, car il avait vu d'énormes créatures qui fouinaient dans l'eau peu profonde et broutaient les lourdes franges du varech.

— Par les puissantes lames de Magellan! fit-il sous sa moustache. Qui donc, au nom du grand Océan, sont ces gens-là?

Ces êtres ne ressemblaient à aucune bête, morse, lion de mer, phoque, ours, baleine, requin, poisson, calmar, ou coquille Saint-Jacques, que Kotick eût

encore vue. Ils mesuraient de vingt à trente pieds de long et n'avaient pas de nageoires postérieures, mais une queue en forme de spatule qui paraissait taillée dans du cuir mouillé. Leur tête avait l'air le plus stupide du monde et ils se tenaient en équilibre sur le bout de leur queue dans l'eau profonde lorsqu'ils ne broutaient pas, s'inclinant l'un devant l'autre avec solennité et agitant les nageoires de devant comme un gros homme agite le bras.

– Hum ! fit Kotick. Bonne prise, messieurs ?

Les grosses créatures répondirent en s'inclinant, et en agitant les nageoires comme Frog-Footman. Lorsqu'elles se remirent à paître, Kotick vit que leur lèvre supérieure formait deux lobes qui pouvaient s'écarter brusquement d'environ un pied et se refermer sur un boisseau entier d'algues. Elles enfournaient le tout au fond de leur gueule et le mastiquaient d'un air solennel.

– Voilà une façon bien malpropre de manger, fit Kotick.

Les créatures s'inclinèrent de nouveau et Kotick commença à perdre patience.

– Très bien, dit-il. S'il se trouve que vous avez vraiment une articulation de plus à la nageoire de devant, il est inutile de vous exhiber ainsi. Je vois que vous vous inclinez avec grâce, mais j'aimerais savoir comment on vous appelle.

Les lèvres fendues remuèrent et s'écartèrent ; les yeux verts et vitreux s'arrondirent ; mais Kotick n'eut pas de réponse.

– Ah, ça ! dit-il, c'est bien la première fois que je rencontre des gens plus laids que Sea Vitch… et plus malappris.

Alors il se rappela dans un éclair ce que lui avait crié le goéland bourgmestre à l'île aux Morses, lorsqu'il n'était qu'un petit d'un an, et il se jeta à la renverse dans l'eau, car il savait qu'il avait enfin trouvé Vache Marine.

Les vaches marines continuaient de brouter et de mastiquer bruyamment de grosses lippées de varech, et Kotick les interrogea dans toutes les langues qu'il avait apprises au hasard de ses voyages : or le peuple de la mer parle presque autant de langues différentes que les hommes. Mais les vaches marines ne répondirent pas, parce que la vache marine ne peut pas parler. Elle n'a que six os dans le cou, alors qu'il lui en faudrait sept, et l'on dit sous les mers, que c'est ce qui l'empêche de parler, même à ses semblables ; mais, comme vous le savez, elle possède une articulation supplémentaire à la nageoire antérieure et, en la remuant de haut en bas et de droite à gauche, elle s'en sert comme d'un signal télégraphique rudimentaire.

Avant le jour, la crinière de Kotick était toute hérissée et sa patience s'en était allée où vont les crabes morts. Alors les vaches marines se mirent en route vers le nord, s'arrêtant de temps à autre pour tenir d'absurdes conciliabules de courbettes, et Kotick, les suivit en se disant : « Des gens aussi stupides se seraient fait tuer depuis longtemps s'ils n'avaient trouvé une île sûre ; et ce qui est bon pour Vache Marine est bon pour Sea Catch. Tout de même, j'aimerais qu'elles se dépêchent. »

Ce fut bien fastidieux pour Kotick. Le troupeau ne couvrait jamais plus de quarante à cinquante milles dans la journée, s'arrêtait la nuit pour se repaître et serrait toujours les côtes de près. Kotick, pour sa part, nageait autour des vaches marines, par-dessus, par-dessous, mais il n'arriva pas à leur faire presser l'allure d'un demi-mille. À mesure qu'elles progressaient vers le nord, elles se réunissaient à quelques heures d'intervalle seulement pour tenir leurs conciliabules de courbettes, et Kotick faillit s'arracher la moustache à coup de dents, tant il s'impatientait; mais il finit par s'apercevoir qu'elles suivaient un courant chaud et, alors, il éprouva pour elles plus de respect.

Une nuit elles se laissèrent couler dans l'eau luisante; elles se laissèrent couler comme des pierres et, pour la première fois depuis que Kotick avait fait leur connaissance, elles se mirent à nager

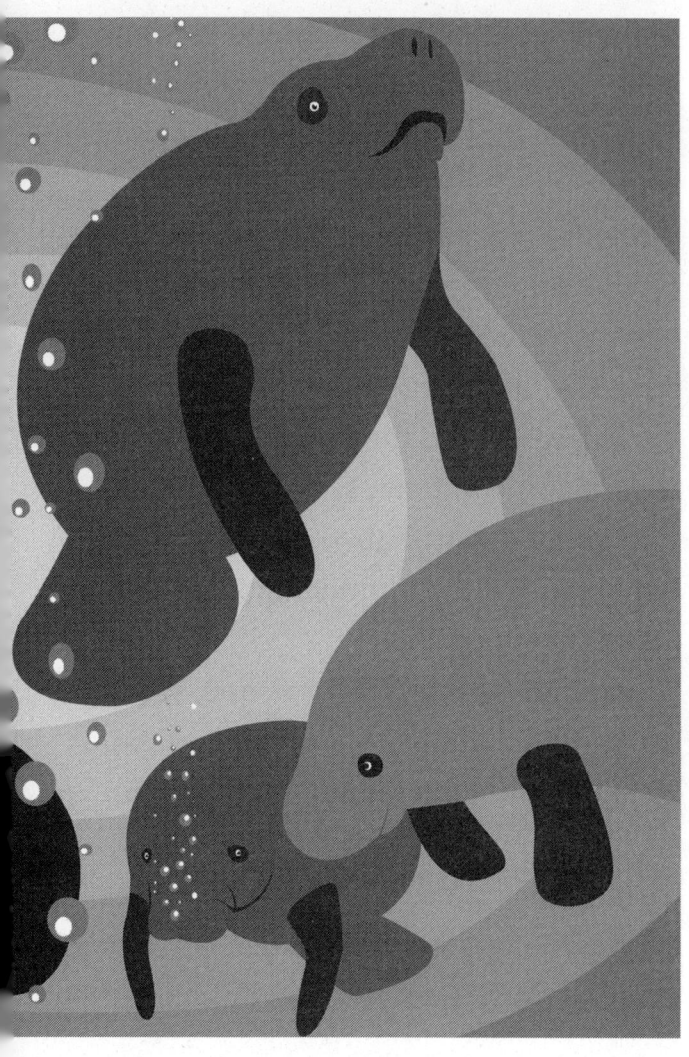

vite. Il les suivit et s'étonna de leur allure, car il n'avait jamais imaginé que Vache Marine eût le moindre talent pour la nage.

Elles piquèrent droit sur une falaise proche du rivage, une falaise qui plongeait en eau profonde, et s'engouffrèrent dans un trou sombre à sa base, par vingt brasses de fond. Elles nagèrent longtemps, longtemps, et Kotick manqua grandement d'air frais avant d'atteindre la sortie du tunnel noir qu'elles lui faisaient franchir.

— Par ma tignasse ! fit-il, lorsque, suffoquant et soufflant, il émergea en eau libre, à l'autre extrémité. La plongée a été longue, mais ça valait la peine.

Les vaches marines s'étaient séparées et paissaient paresseusement en bordure des plus belles plages que Kotick eût jamais vues. Il y avait de longues étendues de rocher bien lisse, sur des milles et des milles, parfaitement adaptées à l'installation de *nurseries*; il y avait, par derrière, des terrains de jeu de sable dur, montant vers l'intérieur des terres; il y avait pour les phoques des rouleaux dans lesquels danser, de longues herbes où se rouler, des dunes où monter et descendre et, mieux encore, Kotick sut au toucher de l'eau, qui n'a jamais trompé un vrai *sea catch*, qu'aucun homme n'était jamais venu là.

La première chose qu'il fit, ce fut de s'assurer que les eaux étaient poissonneuses; puis il longea les plages et dénombra les îles enchanteresses, basses et sablonneuses, que dissimulaient à moitié les belles nappes mouvantes du brouillard. Au loin, vers le nord et le large, s'étirait un chapelet de barres, de hauts-fonds et de récifs qui interdisait à tout navire d'approcher à moins de six milles de la plage ; tandis qu'entre les îles et la terre ferme, se trouvait une étendue d'eau profonde, jusqu'aux falaises à pic et, quelque part sous ces falaises, s'ouvrait le tunnel.

— C'est une autre Novastoshnah, mais dix fois mieux, dit Kotick. Vache Marine doit être plus sagace que je ne le pensais. Des hommes ne pourraient descendre ces falaises, quand bien même il y aurait des hommes par ici ; et les hauts-fonds, du côté de la mer, mettraient un navire en miettes. S'il existe un lieu sûr à la surface des mers, c'est bien celui-ci.

Il se prit à penser à celle qu'il avait quittée, mais quoiqu'il eût hâte de rentrer à Novastosnah il explora à fond la nouvelle contrée, afin d'avoir réponse à toutes les questions.

Puis il plongea et, après avoir bien repéré l'entrée du tunnel, il enfila celui-ci vers le sud. Personne, sauf une vache marine ou un phoque, n'aurait soupçonné l'existence de pareil endroit et, lorsqu'il regarda derrière lui, Kotick lui-même eut peine à croire qu'il était passé sous ces ses falaises.

Il mit six jours à rentrer chez lui, sans pourtant s'attarder en route ; et lorsqu'il toucha terre, juste au-dessus du goulet du Lion-de-Mer, la première personne qu'il rencontra fut celle qui l'attendait et qui vit à son regard qu'il avait fini par trouver son île.

Mais les *holluschickie*, son père Sea Catch, et tous les autres phoques se moquèrent de lui quand il leur fit part sa découverte, et un jeune phoque qui avait à peu près âge lui dit :

— Tout cela est bien beau, Kotick, mais surgir ainsi on ne sait d'où pour nous ordonner de partir, tu n'y penses pas ! Rappelle-toi que nous nous sommes battus pour nos *nurseries*, et cela tu ne

l'as jamais fait. Tu as préféré vagabonder à la surface des mers.

Les autres éclatèrent de rire à ces mots, et le jeune phoque se mit à tourner la tête à droite et à gauche. Il venait de se marier cette année-là et il en faisait toute une histoire.

– Je n'ai pas de *nursery* à défendre, dit

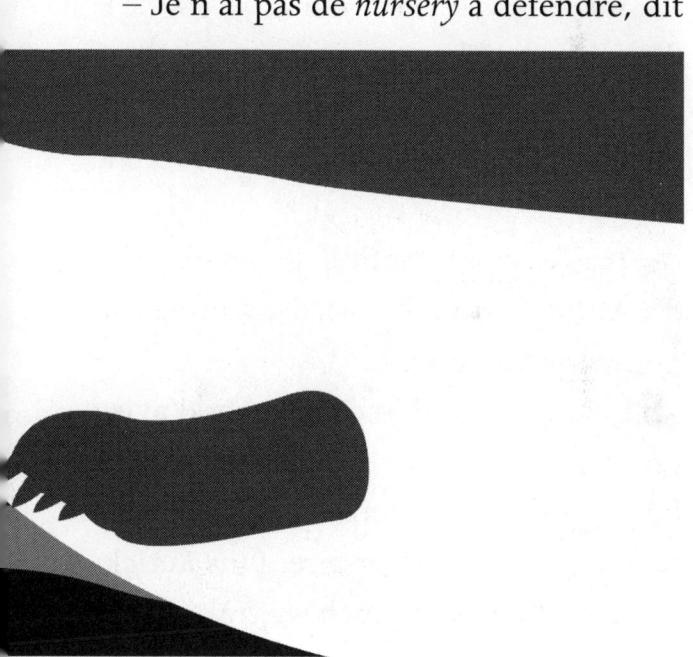

Kotick. Je veux simplement vous indiquer à tous un endroit où vous serez en sûreté. À quoi bon se battre ?

– Oh ! Si tu essaies de te dérober, je n'ai plus rien à dire, bien sûr, dit le jeune phoque, en poussant un vilain ricanement.

– Viendras-tu avec moi si je gagne ? demanda Kotick.

Et une lueur verte s'alluma dans ses yeux, car il était furieux d'avoir à livrer combat.

– Très bien, répondit le jeune phoque d'un ton désinvolte. Si d'aventure tu gagnes, je viendrai.

Il n'était plus temps de changer d'avis, car la tête de Kotick partit comme une flèche et ses dents s'enfoncèrent dans le gras du cou de l'adversaire. Puis Kotick se rejeta sur les hanches, traîna son ennemi sur la plage, le secoua et finit par le renverser. Alors il rugit à l'adresse des phoques :

— J'ai fait de mon mieux pour vous, au cours des cinq dernières saisons. Je vous ai trouvé une île où vous serez en sécurité, mais, à moins que l'on ne vous arrache la tête de vos cous d'imbéciles, vous refusez de le croire. Eh bien, je vais vous apprendre. Prenez garde à vous !

Limmershin m'a dit que de sa vie (et Limmershin voit dix mille gros phoques se battre chaque année), que de toute sa courte vie, il n'avait jamais rien vu de pareil à Kotick fonçant dans les *nurseries*. Il se jetait sur le plus gros *sea catch* qu'il pouvait trouver, le saisissait à la gorge, le faisait suffoquer, frappant et cognant, jusqu'à ce que l'autre poussât un grognement pour demander grâce ;

puis il le jetait de côté et attaquait le suivant. Kotick, voyez-vous, n'avait jamais jeûné pendant quatre mois, comme le faisaient chaque année les gros phoques ; ses voyages en haute mer le maintenaient en excellente condition et, avantage suprême, il ne s'était jamais encore battu. La colère hérissait sa blanche crinière bouclée, ses yeux flamboyaient, ses grosses canines brillaient ; il était superbe à voir.

Le vieux Sea Catch, son père, le vit passer en trombe, traîner les vieux phoques grisonnants de-ci de-là comme s'il s'était agi de flétans, culbuter les jeunes célibataires de tous côtés ; et Sea Catch, poussant un rugissement, s'écria :

— Il est peut-être idiot, mais personne ne se bat mieux que lui sur toutes nos plages. Ne t'en prends pas à ton père, mon fils ! Il est avec toi !

Pour toute réponse Kotick se mit à rugir et le vieux Sea Catch, dandinant des hanches, vint se joindre à lui, la moustache hérissée, soufflant comme une locomotive, tandis que Matkah et la future épouse de Kotick se faisaient toutes petites, pleines d'admiration pour leurs hommes. Ce fut un combat magnifique, car tous deux se battirent aussi longtemps qu'il se trouva un phoque pour oser lever la tête, puis ils paradèrent majestueusement sur la plage, allant et venant côte à côte en hurlant.

La nuit tombée, comme l'aurore boréale diffusait ses lueurs clignotantes dans le brouillard, Kotick grimpa sur un rocher dénudé et contempla les *nurseries* dispersées et les phoques tout lacérés et saignants.

— Voilà, dit-il, je vous ai donné une belle leçon.

– Par ma tignasse ! fit le vieux Sea Catch, en se soulevant, le corps tout roide, car il était terriblement meurtri. L'orque elle-même n'aurait pu les mettre en pièces de pareille façon. Fils, je suis fier de toi et, qui plus est, je t'accompagne, moi, dans ton île, s'il existe un tel lieu.

– Hé, vous, là-bas, gros pourceaux de mer ! Qui m'accompagne au tunnel de la Vache Marine ? Répondez ou je vais vous donner une autre leçon, rugit Kotick.

Un murmure se fit entendre, pareil au frémissement de la marée, sur toute l'étendue des plages.

– Oui, nous viendrons, firent des milliers de voix pleines de lassitude. Oui, nous suivrons Kotick, le phoque blanc.

Alors Kotick rentra la tête entre les

épaules et ferma les yeux, plein d'orgueil. Ce n'était plus un phoque blanc, mais un phoque rouge de la tête à la queue. Et pourtant, il eût dédaigné de regarder ou de toucher une seule de ses blessures.

Une semaine plus tard lui et son armée (forte d'environ six mille *holluschickie* et vieux phoques) prenaient la direction du nord et du tunnel de la Vache Marine, sous la conduite de Kotick, et ceux qui restaient à Novastoshnah les traitèrent d'imbéciles. Mais au printemps suivant, lorsqu'ils se retrouvèrent tous à proximité des bancs de pêche du Pacifique, les phoques de Kotick firent de telles descriptions des nouvelles plages, de l'autre côté du tunnel de la Vache Marine, qu'un nombre croissant de phoques abandonna Novastoshnah.

Naturellement cela ne se fit pas tout de suite, car il faut beaucoup de temps aux phoques pour retourner les choses dans leur esprit; mais au fil des ans ils furent plus nombreux à quitter Novastoshnah, Lukannon et les autres *nurseries* pour les plages tranquilles et bien abritées où Kotick trône tout l'été, plus gros, plus gras et plus fort chaque année, tandis que les *holluschickie* jouent autour lui, dans cette mer où ne s'aventure jamais aucun homme

LUKANNON

Voici le chant majestueux qu'entonnent en haute mer tous les phoques de Saint-Paul, lorsque, l'été venu, ils regagnent leurs plages. C'est une sorte d'hymne national, d'une grande tristesse.

J'ai vu mes frères ce matin (las! je suis chargé d'ans!)
Où la lame en été roule sur les rocs mugissants.
J'entends monter le chant qui des flots couvre la rumeur :
Plages de Lukannon... des myriades de voix en chœur.

Chant des séjours heureux auprès des amères lagunes,
Chant des grands bataillons qui, soufflant, dévalaient des dunes,
Des danses de minuit arrachant à l'eau des lueurs :
Plages de Lukannon... avant l'invasion des chasseurs.

J'ai vu mes frères ce matin (pour ne plus les revoir!),
Allant, venant, légions sur le rivage rendu noir.
Dans l'embrun, aussi loin que portait la voix, nous hélions
Ceux qui venaient à terre et de nos chants les escortions.

Plages de Lukannon... le blé d'hiver si haut monté...
Lichens crépus, ruisselants, brouillards dont tout est trempé!
Et pour nos jeux, une terrasse luisante et polie!
Plages de Lukannon... pays natal, notre patrie!

J'ai vu mes frères ce matin, bande éparse et battue.
L'homme massacre : en mer, une balle ; au sec, la massue.
L'homme nous conduit, troupeau bête et soumis, aux saleurs,
Et pourtant nous chantons toujours Lukannon... sans chasseurs.

Demi-tour demi-tour! Au sud! Pars! Ô Gooverooska!
Conter au vice-roi des mers notre triste saga
Ou, vidée tels des œufs de squale échoués aux rivages,
Lukannon ne connaîtra plus les enfants de ses plages.

Voyage en page

Déjà parus

L'oiseau d'or et autres contes, Grimm
Le géant aux chaussettes rouges et autres contes de la rue Broca, Pierre Gripari
L'aventure des sept horloges, Adrian Conan Doyle
Au revoir Fénimore, Yvon Mauffret
Métalika, Alain Grousset
Contes venus de l'Est, collectif
L'éléphant, Marcel Aymé
Jean-Louis Étienne, l'aventurier des pôles, Christine Coste
L'inconnu de la forêt, Ayyam Sureau
L'enfant et l'étoile, Dominique Halévy
Poucette et autres contes, Andersen

Voyage en page

Jeux de voyage

Conception : Murielle Ragoucy
Illustrations : Séverin Millet

Voyage en page

À travers le Pacifique

Guide Kotick de l'île Saint-Paul jusqu'à l'île où nul homme ne vient.

Émeraude ou Cuivre ?

Deux de ces trois oiseaux se trompent. Un seul donne à Kotick la bonne réponse. Lequel ?

Savez-vous où habitent les Vaches Marines ?

Mais oui ! Elles sont à l'île d'Émeraude.

Pas du tout ! Elles sont à l'île du Cuivre.

Le plongeon se trompe ! C'est la mouette qui a raison.

Le plongeon

Kotick

La mouette

Le macareux

Phoques...

Retrouve, dans la page de droite, les 9 détails encadrés ici.

86

Voyage en page

... à la coque

À ton avis, pour naître, comment le petit phoque casse-t-il la coquille de son œuf : d'un coup de tête ou d'un coup de nageoire ?

Sudoku phoque

Remets chaque petit carré à sa place dans la grille : tu dois avoir O, T, A, R, I, E dans chaque ligne, dans chaque colonne et dans chaque grande case.

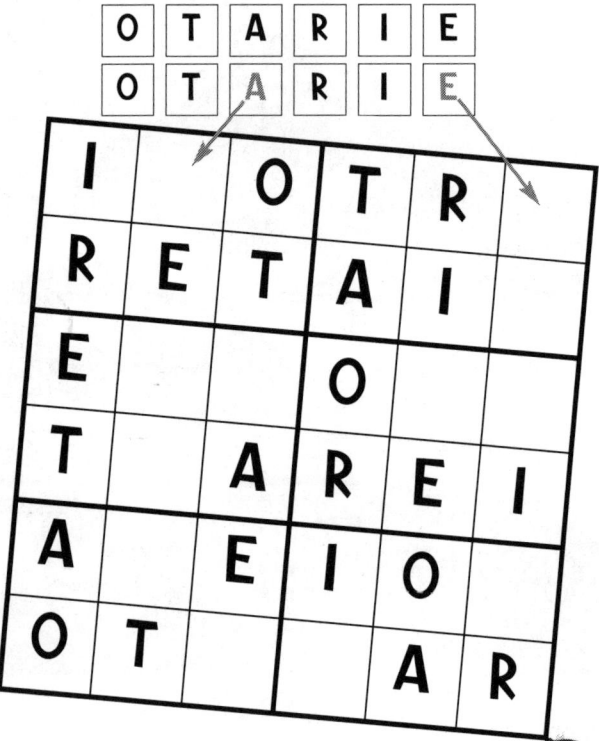

Sudoku de Lukannon

Remets chaque petit carré à sa place dans la grille : tu dois avoir 1, 2, 3, 4, 5, 6, 7, 8, 9 dans chaque ligne, dans chaque colonne et dans chaque grande case.

| 1 | 1 | 1 | 1 | 4 | 4 | 4 | 5 | 5 |
| 5 | 6 | 6 | 6 | 6 | 7 | 8 | 8 | 9 |

5	2	8		9	3	1	7	4
1		9	2	7			6	3
7	3	6		4	8	9		2
8	9		7		6	2	3	5
3		1	5	2		7		8
2	7	5	3	8	9		4	
6		7		3	2	4	1	9
4	8	3	9		1	5	2	7
9		2	4	5		3	8	6

Voyage en page

Et patati et patata !

Le vieux morse et Kotick discutent… en morse, évidemment. Traduis ce qu'ils se disent.

ALPHABET MORSE :

Les traits — se prononcent « ta », et les points - se prononcent « ti ». Par exemple, L se prononce titatiti.

A - —	J - — — —	P - — — -
D — - -	L - — - -	R - — -
E -	M — —	S - - -
F - - — -	N — -	T —
I - -	O — — —	U - - —

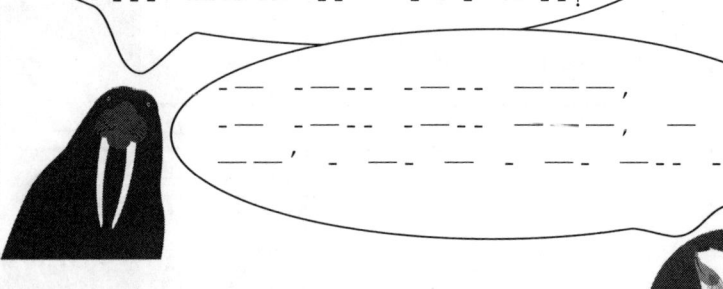

90

Kotick attaque

Kotick veut absolument convaincre les phoques de le suivre au tunnel de la Vache Marine. Déchiffre les bulles.

Voyage en page

Coquilles vides

« Coquilles vides et goémon sec ! », c'est une exclamation phoque. Écris, dans les cases en bas, les lettres qui correspondent aux codes, et tu liras une moquerie phoque.

	A	B	C	D	E	F	G	H
1	N	E	N	A	G	E	P	A
2	S	A	V	A	N	T	D	'
3	A	V	O	I	R	S	I	X
4	S	E	M	A	I	N	E	S
5	,	O	U	T	A	T	Ê	T
6	E	S	E	R	A	C	O	U
7	L	É	E	P	A	R	T	E
8	S	T	A	L	O	N	S	.

C4	B2	F8	E1	A6	C5	D6		G2	H7		C4	G6	C5	D8	B4	F3

Coquilles pleines

Rassemble les valves de coquillage deux par deux pour reformer le nom de 10 animaux que Kotick croise dans l'océan.

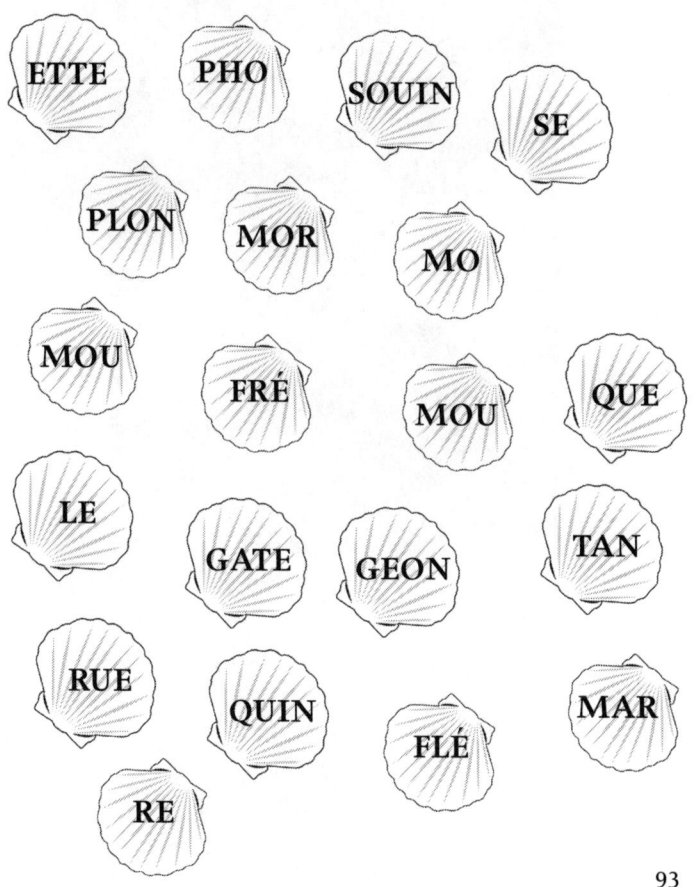

Reflets changeants

Il y a sept différences entre le bain du morse et son reflet dans l'océan. Trouve-les.

Voyage en page

Calculs loufoques

Pour trouver le dernier résultat, commence par chercher combien un phoque, une moule, une mouette valent de points. Quand tu auras la valeur en points de chaque animal, écris-le ici. Ça t'aidera dans tes calculs.

SOLUTIONS DES JEUX

P. 85 – ÉMERAUDE OU CUIVRE ? : C'est le plongeon qui donne à Kotick la bonne réponse. En effet, il est le seul à dire que les vaches marines sont à l'île du Cuivre. La mouette et le macareux se trompent tous les deux : la mouette dit que les vaches marines sont à l'île d'Émeraude, et le macareux aussi puisqu'il est d'accord avec la mouette.

P. 87 – ... À LA COQUE : Les phoques sont des mammifères, donc la femelle ne pond pas d'œufs. Les petits phoques naissent couverts de poils, et ils tètent leur mère comme tous les mammifères.

P. 90 – ET PATATI ET PATATA : Le vieux morse : « Parle plus fort, je suis sourd ! » - Kotick : « Allô, allô, tu m'entends ? »

P. 91 – KOTICK ATTAQUE : Kotick : « Il faut que les phoques échappent aux chasseurs. » (île, phoque, œufs, lait, phoque, haie, chapeau, chat, s'heure) - Le jeune phoque : « Aïe ! Ouille ! Bon, bon, ton île est chouette, mais arrête de me massacrer. » (ail, houx, yeux, bonbon, thon, nid, lait, chouette, m'haie, arête, 2, meuh, mât, sac, ré).

P. 92 – COQUILLES VIDES : « Mangeur de Moules ».

P. 93 – COQUILLES PLEINES : Phoque, plongeon, morue, morse, moule, mouette, requin, frégate, marsouin, flétan.

P. 95 – CALCULS LOUFOQUES : 6 (phoque = 2, moule = 1, mouette = 3).

P. 88 – SUDOKU PHOQUE :

I	A	O	T	R	E
R	E	T	A	I	O
E	I	R	O	T	A
T	O	A	R	E	I
A	R	E	I	O	T
O	T	I	E	A	R

P. 89 – SUDOKU DE LUKANNON :

5	2	8	6	9	3	1	7	4
1	4	9	2	7	5	8	6	3
7	3	6	1	4	8	9	5	2
8	9	4	7	1	6	2	3	5
3	6	1	5	2	4	7	9	8
2	7	5	3	8	9	6	4	1
6	5	7	8	3	2	4	1	9
4	8	3	9	6	1	5	2	7
9	1	2	4	5	7	3	8	6

P. 95 – REFLETS CHANGEANTS :

Mise en pages : Alain Barreau

Loi n°49-956 du 16 juillet 1949
sur les publications destinées à la jeunesse
ISBN 978-2-07-061559-9
Numéro d'édition : 153228
Dépôt légal : février 2008
Imprimé en Espagne
par Novoprint (Barcelone)